한귀남 시집

세상이 푸른 산에 길을 묻고

지구문학

세상이 푸른 산에 길을 묻고

ㅣ첫 시집을 내면서ㅣ

꿈이 있었다.

그
꿈을 향해

정신없이 달려온
세월이 30여 년

이제야
시집 한 권 엮게 되었다.

그 기쁨
무엇에 비하겠는가.

어려움
잘 견뎌 준 우리 가족
늘 감사하는 마음으로 살리라.

2023년 섣달

한 귀 남

차례

제 1 부 부처는 산에 들고

제2부 비 되어 내릴지라도

차례

제3부 사랑초 하나

제4부 시의 산에 들며

세상이 푸른 산에 길을 묻고

제1부

부처는 산에 들고

푸른 깃대로

'경칩' 도 다 지난 무렵
캐시미론 덮개며
지푸라기를 걷어낸다

엄동설한 다 견뎌내고
춘삼월 햇살 아래
푸른 깃대로 서서
맵싸한 향기 날리며
발가벗고 다가오는
나의 작은 마늘밭

히말라야를 꿈꾸며

네 안의 소리 없는 천둥소리
지난한 꽃대궁 피워 올리며
텅 빈 가슴 너른 기운으로…

백두산 천지 구름

눈부신 옥색
도포자락 휘날리듯
조선의 정수리
백두산 천지 구름은

물먹은 솜덩이
육신들을 이끌며
천이십 계단 닿기도 전에
흐렸다 개였다
천지에 울리는 징소리였다

어떤 이는 신천지를 보았다며
뛰어 내려가고
어떤 이는 몇 번을 왔어도
못 보고 간다며
연신 하늘을 향해 뉘우치며 머뭇거렸다

그 뉘우침에 아랑곳없는

백두산 천지 구름
옳지옳지 너로구나
짙푸른 어버이의 벙긋이
열어주던 젖가슴이어라

만공 강태열 시인

세속을 버린
은자의 모습처럼
갖은 풍상 다 휘젓고선
오늘 우주 끝으로
떠날 일만 아득한데
"어이쿠!"
나 먼저 갈 줄 알았던 길
천상병 시인 떠나고 나니
윤삼화 시인 뒤따르고
임종환 시인마저 곁을 떠난 오늘
열 손가락 꼽던 시인들
앞서거니 뒤서거니 소천하였으니

그 누가 있나
내가 떠날 때는

대왕은 염천 속에

혀끝의 습기도 태울
불볕 염천 속에
대왕은 열꽃 되어 앉아
청보리 벌판으로
돌아가는 길을 그리고 있다

경술국치 100년 즈음
광화문 거리마다 새것으로
세운 홍간에 젖었던 우리들

하늘은 그 해 물폭탄으로
골목마다 바다를 만들어
얼룩진 세종로에 장군의
거북선을 띄워 염천 속에
대왕을 도우라 하셨나 보다

새끼와 세 끼니

갈퀴손 비벼 올리며
지나새나 새끼를 꼬아
가마니를 짜고
짚신을 삼으며
내일을 꿈꿔온 우리의 아버지

파고다 싸늘한 담벽에
기대앉아
자선으로 나눠지는
늦은 아침을 드신다

아침이 반복되는
파고다 공원에는
아버지들의 온갖
가정사로 꽃이 피고

아버지 손에서
떠난 새끼들은

제 아버지의 세 끼니도
감당 못해
거리에 줄을 서게 하니

새끼줄처럼
늘어선 행렬 속
세 끼니가 걱정이신
우리의 아버지

어지럼증
편두통으로
오늘과 사신다

부처는 산에 들고

화살촉 삼사미를
닮은 눈꽃 속으로
저마다 소원 하나
입 속에 궁굴리며
정월 대보름날
팔공산에 오른다

바투선 걸음으로
부처를 좇아 오르는 길
이미 텅 빈 무상함 아래
희망은 집착으로
오금이 저린
아둔패기의 삶

부처는 산에 들고
벙벙한 가슴 속에
번져오던 미려한 깨달음들
건밤 내내 푸석해진
보름달의 선 화품

길을 내는 애벌레

불 꺼진 창가에
어른거리는 달그림자

언제나 황홀한 봄날처럼
약속은 지켜질 때 황홀하듯

허물 같은 덤불
세상 속 애벌레들
길눈 뜨게 비춰준
우주의 약속

보름달처럼
우주는 애벌레
울음소리와 길을 열고…

금낭화

흐린 봄날
금낭화 붉게 피어
어화둥둥 낭창이더니

청개구리들 지청구 소리
연사흘을 앙알대더만

재 넘어 먹구름 떼
장대비 몰고 뛰어오니

춘색에 홍얼대며
고삐 풀린 사내들

물수제비 일으키듯
방죽길 내달리더만

금낭화 장대비 속에서
한뎃잠 자야겠네

송화를 피워냈네

오랜 세월 산정을 지킨
늙수그레한 소나무들
청정한 가다름에
송화를 피워냈다

다래넝쿨과 사랑에 잠겨
봄 물든 가슴 풀어
황금색 꽃가루
풀풀 날리우고

한 차례
산 꿩의 울음소리
지나온 그 산사의
범종 소리 닮아있었다

우리는 풀잎 같은 사랑초

만개한 나리꽃
낭창대는 허리춤에
잠자리 한 쌍 밀월여행 중

달그락대며 바삐 가는 봄날
제비나비 맴도는 창포꽃 섶
완연해진 그리움 지싯거림도

우시부시 흐르는 그 세월
슬며시 사위어 가노니
우리는 풀잎 같은 사랑초

절규는 산처럼

눈을 뜨는 아침
내 오장육부는
언제나 산처럼 일어섰다

골목을 벗어나 어제 없었던
절벽을 뛰어넘으며
내 앞에 우뚝 서 있던 까마귀떼

도시 속 개미굴 앞에 마치도
식민지 백성들을 다루듯이
재벌이란 고래의 문어발
어획량을 돕는 빨대로다

철거민의 핏빛 절규 앞에
같은 언어를 쓰며 살아갈
검은 까마귀여
하늘은 푸르도다

소금꽃

등덜미마다
소금꽃을 피우며
살아가는 농부여

고단한 벌판은
서로 다른 자유로
생존하지만

낫질 한 획마다
등줄기로 피고 있는
소금꽃들

농부의 땀방울은
천형의 생존 앞에 우뚝 선
푯대이어라

제2부

비 되어 내릴지라도

투명한 도시

해거름 속으로
떠나는 사람들
도시는 변방일 뿐

스치듯 스며드는 세상
아직은 혼곤하게 지친
안개처럼

빈 부리만 쪼아대듯
구차한 일상
는개 속에서 부서지던
도시의 투명성

시인 김홍성

언제부터 그 길을
걷고 있었을까
섬 하나 등에 지고

화등잔 같은 불 밝히려
시인의 고행 바다에
연민 가득 담은 눈으로
별을 그리니

신새벽 강가에서
목을 헹궈내던
한 마리 두루미 같은 시인

이끼꽃

홍천강 가는 길목
널미재 넘나들다
충만한 적요에
가슴은 늘 먹먹해 와도
몸은 이미 선버들 되어
일렁거렸다

양지바른 산 중턱
토담집에서
욕심내어 꽃사슴
두어 마리 놓아먹이며
띄엄띄엄 살고 있는
농투쟁이 사람들과 같이

이 세상 만물들은
제 한 몸 내어가며
바람 속에서
발편 잠으로 번져가는
이끼꽃일레라

대지의 힘 어머니

게으름에 지친 듯
가끔은
멈춰 서고 싶은 날은
산을 향해 노(櫓)를 저었다

산에 드신 나무들마다
하늘을 우러러 숨을 쉬며
실뿌리마다 장엄한 근원과
이어가는 대지의 힘 어머니

때로는
묵직하게 갇힌 침묵에
등골마저 서늘해질 때
본능적 헛기침도 자깔스러웠다

태고의 무한한 향취를
내려주던 몰칵함에 젖다 보면
산을 향한 나의 방황은
황홀한 오르가즘

비 되어 내릴지라도

아직은 혼곤히 지친
산 아래 안개처럼
믿음도 저만치서
빈 부리만 쪼아대던
구차한 허허로움

아직은 네게 가는 길
멈출 수 없어라
돌아서면 내 안에
일렁이던 소리로

이 꾸덕진 세월 다 벗겨져
내 가는 길 어디쯤
비 되어 내릴지라도

아직은 멈출 수 없어라
온몸 헤어지는 아픔에

그 울음으로

아라리가 흩어져 간 동강에는
우울한 시대를 살아가는
순례자의 울음소리가
흐느끼며 흐르고 있었다

오늘같이 몸져 누운 세상
그 어느 변방에서
우엉우엉 메아리로
흩어진 순례자들

물살도 차디찬 그 동강에
목울대를 담그고
전라(全裸)의 전위 예술가의
뜨거운 눈물에
동강의 세찬 물살도
으르렁거렸다

불면의 밤

무성히 자란
연민을 베고 누워

오소소 가슴 한 켠에
안개비 내리던 밤

창문을 열고
너를 부르니
종내 메아리는
돌아올 줄 모르고

강처럼 스스로
더 깊어지려
어금지금 흐르는
불면의 밤

감은 눈 속에

명경같이 맑은 도시를 등지고
꽃창포 그늘 아래 터를 잡는 봄
넋이 바람에도 제비나비
골짜기를 나서고

눈 오던 동삼(冬三)에도
찰망찰망 몸 헹구던 그 소리
감은 눈 속에 연잎이 푸르다

목련꽃 아래서

엄동 설한풍도 견디며
끝없이 하늘 닿을
소망 하나
장대한 침묵들
다 놓아주던 날
눈부신 환희로
충만해진 목련꽃
그 눈부신 설연들

새 한 마리

저마다 어렵사리
칠부능선에 닿고 보면
덤불 속에서 출구를 잃은
새 한 마리
따슨 곳 다 사라진 산마루에
광풍과 뇌우 속에 세정을
거듭하는 고사목처럼
무엇이 되려
떠나온 그 길들
다시금 떠올리는
무모한 집착

그물

물 맑은 홍천강
망태 지고 모여드는
강태공들

한 차례 소나기
작달비 되어
투망질하던 사내들
방죽길을 대달리게 하고

먹구름 재를 넘으니
숲은 다시
날 것들의 길을 연다

그 아슴한 곳마다
허공을 가름하며
무모한 허기를 채울
거미의 어살치기의 그물들

콜타르 같은 끈끈한 실타래로
한 치의 오차도 없는
방직 돌기식
그 기능은 마치
고려의 베틀을 닮은 듯
한 폭의 비단길을 열다

한 차례 소나기 물매로
그물 속에는 총총하게
맺힌 물방울들과
와글대며 창창이 울어대는
공허한 개구리떼 울음소리

시나브로 차오른 보름달
거미의 비단 망태 속에
별무리 한껏 채워주던 밤

무시무종(無始無終)

자식이 앓고 있는 병상 곁에는
푸푸대며 뭍으로 오르려는
해마의 끝나지 않을
들숨 날숨만 있다

"어쩌다 인생의 회로를 잃었니?"
기생 덩굴 같은 링거에 의존한
중년의 자식을 놓지 못하는 노모

그해 유월
장맛비 속에서 풀더미로
스산하게 변한 엄마의 채마밭이며
그 괴기스러운 집 안팎을 종횡무진하느라

엄마는 희망이란 이름으로
덤불 속에 길을 내야 할
무시무종의 세월에도
더 아픈 어미가 있다

오늘은 모두가 술래

감은 눈 속에도 선연하여
찾아 나선 벗님들
대체 어디에…

못 찾겠다 꾀꼴~꾀꼴
오늘은 내가 술래다

인적 뜸해 휼빈한 인사동 둘레길에서
나는 마냥 이방인같이
어슬렁거리며
보이지 않는
그들의 그림자를 찾는 술래.

손바닥 같은
골목마다
늘 왁자했던 웅성거림 환희의 충만감
때로는
방황을 꿈꾸게 했던 낭만의 메신저들.

코나의 된서리 앞에
이태나 북악의 가을 풍광들조차도
쪼잘한 새우깡을 벗하며
시 한 줄 거둬지지 않은
암담한
그 허무의 에로티시즘 시대에

홀빈한 몸피를
자랑하는 미인송들
가로수로 살고 있는
가회동 길목을 지나
백년 세월 궁궐 길을 지켜낸
우렁찬 기운의 그 백양목의 자태 앞에 걸음을 멈춘다

무성했을 잎 남김없이 다 보내주고
그래서 더욱 자신의 튼실함으로
소요스러운 세상조차 담담하게 흐르게 하고

마치 옥양목으로 온몸을 감싼 듯이
나는 두 팔 한껏 벌려
그 충만한 믿음으로 살며시 안아본다

내 품에 쉽사리 안겨올 리 없는
백년의 천둥소리만이
지금도 궁궐 길을 지켜내듯이
백의종군하시는 충신의 그림자이니라

그 백양목 아래로 지나다녔던 흘러간 세월
이제는 돌아오지 않는 추억을 그려보며
운현궁 뜰마다
서성거리다
휑한 머리 위로 하늘은 맑아있어 눈이 부셔 눈물이
민들레 홀씨 되어 흩어지던 날.

진을주 선생님 10주기에

정오의 따슨 햇살 아래
파고다 공원 돌담을 끼고 즐비하게 이어진
원각사 원경스님의 공양객들
그 길목 오래된 대리석 계단을 오르내리며
보물 곡간을 지킨 듯
글 농부의 순애보의 고단함
그 모두가 환하게 다가오던 빛누리였으리
아~ 10년을 못 견딘 세상살이는
종로거리 인사동의 다국적 물결
8차선의 위용을 자랑하던
세종로 광화문 광장조차
세계는 지금 바이러스의 창궐 앞에
모든 일상과 생명
나아가서 강대국마저 절벽 앞에
꼬리를 내릴 수밖에 없는 실체들
서로의 입속마다
세균을 차단하느라 마스크로 중무장한 채
그 누구와도 쉽게 약속 그 자체를

오늘은 의학자 집단마다 그 바이러스 퇴치에
사용할 백신들을 곧 인간들에게
희망을 전하는 메시지에
안도감을 선물하기에 이른
세월이 꼭 일 년 동안 모두 살얼음판 위에서
끈적이는 목숨 줄에 잔뜩 겁먹기 일상사였건만
또 다시 백신개발 소식에
거리는 다시 붐비었고
그대로 환자는 기하학에 도달
선생님께서도 웃음이 나실 진풍경입니다
그러나 고백할 것은 우리는 아직
이세상과 이별하기에
참 많은 설렘이 아직도 꼼지락거려
휑한 종로거리를 배회하고 싶었던
황혼에 물든 거리로 119의 웽웽거림에
발목을 잡힌 아쉽던 하루

세상이 푸른 산에 길을 묻고

제3부

사랑초 하나

청년의 피돌기로

내 안에 퍼덕이던
청년의 피돌기들
어설픈 걸음 흉내로
창창한 날개 잃게 되려니

어둔 밤에도
산을 타는 산쟁이처럼
빙벽을 오르내리던
중년의 짙은 여명

그 짙은 여명 속에
천 개의 묘목을 심어
길을 내노니

세상이 모여서는 예감들
종내는 하늘 닿기도 하리라

서해바다 월미도

서해바다 월미도
짭쪼롬한 갯내음과
찰망대는 손인사에
자정도 이미 넘은 밤

빠글대며 거품
가득 문 방게처럼
어둠 속에서 돌아갈 길
아무도 묻지 않는다

헤픈 웃음 쏴쏴 날리며
마냥
두고 온 빈집
잊고 말았다

백마강 푸른 세월

백마강 푸른 세월에
팍팍한 세상도 흘러가고

실핏줄 같은 인생살이
물안개같이 스러지니

달려라 푸른 세월들아
백마강을 못 잊던 달빛처럼

다시 두려운 것

어제 이승을 버린 어린 넋들
저토록 환한
꽃으로 피었구나
스님의 독경소리도
바람에 나부끼듯
우리들 얼굴 위로
꽃비와 작별하며

매미의 울음소리만
뜨겁게 불볕 속에서 울었지

다시금 두려운 것은
사부작 사부작
세상 등 뒤로 가고 있던
발걸음들

여정 따라

우리 아버지의 그 아버지의 고향은
지금도 돌아갈 수 없는
동토의 강줄기

광활한 바다에서
여정을 마치고
돌아오는 연어들의
꿈보다 못한
50년 타향살이에
모현리 산기슭 한 자락
베고 누우셨지

"얘들아
고향길 열리면
함경남도 홍원군 전진면 남홍리 46번지가
우리 집이다"

부두에서 주욱 올라가면

동네에서 제일 큰 우리 집
그 옆으로 우물 하나 있고
큰 길 작은 길과 옹기종기
게딱지 같은 집 그리다가

"어째 이리 그림이 아니 됨메"
아버지 고향은 백지 위에 멈춘 채
부모님과 아내 손 마주잡고 고향 가리라던
그 여정 다 놓아두고

모현리 산기슭
반듯한 씨앗 되려
동면에 드셨다네

세상이 푸른 산에 길을 묻고

세상이 힘겨워
온몸 신열에 앓을 때
푸른 산에 올라 길을 묻고

바탕은 다 풀잎 같은 것
간간이 뇌성 번개 치며
숨을 곳 찾아도

비 그치면 무지개 뜨고
맑은 샘 흐르는 계곡들
그 흐르는 계곡으로
산 그림자도 흐르고 있었네

산 꿩의 목쉰 울음소리

파리한 사월 속으로
천둥의 여진처럼
설멍설멍 다가오는
산 꿩의 목쉰 울음소리

나날이 햇살도
당글당글 뛰어오고
봉긋봉긋 솟아오는 목련처럼
봄날 내내 서성이던 시어들

노랑 나비떼 유채밭
맴돌던 그 봄날
산 꿩의 울음소리
내게서 떠날 줄 모르네

버려진 스냅 사진첩

우울한 시대를 살다 간
임들의 빛바랜 사진첩

인사동 골목의 낡고 비 맞은
폐지 더미 속에

어리어리한
눈망울 굴리면서

"요 로 코 롬 버 릴 꺼 라 면"

아직도 선연한 용맹스런 자태와
쓸쓸함 감도는 미소가
걸음을 멈추게 했으니

너절한 책갈피마다
시 한 줄도 와락 안겨 와
잠시 시와 길옆에 앉아
눈을 감았다

다 같은 세상에서 인간답게 살기를 외치다
적을 뒀던 곳에서 쫓겨난 털기둥이들 신세처럼

찬 서리 서걱대는 타국 땅에서
조국의 독립을 갈망하며
독립운동에 생을 바쳤던
담대한 임들의 후손들답게
세상을 바꿨던 그 마중 길에
앞장선 투사들의 세월은
아직도 끝나지 않았음에도

아– 요 로 코 롬
황망스럽게 버려진

폐지 더미들
인사동 뒷골목의
짭조롬한 비애감들

산중방생

아슴한 정선 땅
가둥거리는 저마다의 걸음걸이로

용궁으로 보낼 자라를 안고
물길을 찾아 나선 방생길

납대대하게 핀 꽃들
눈 밝은 스님의 독경 소리마저

산중에서 용궁 길을 두드리는
부질없던 하루

사랑초 하나

허기같이 밀려드는 풋된 5월처럼

기다림은 늘 머뭇거렸지

저문 세월에야 잊혀질 임

서럽도록 야윈 사랑초 하나

충신의 넋 나무야

숲과 사는 산은 충신들처럼
푸른 몸 다 내어주며
백의종군하더라

한 차례 깊었던 여름날
제 몸 다 내어 굽이치며

그렇게 한 세기는
더 굽이쳐 보자 카드라

엉겅퀴

꽃이라 다가서면
굳건한 너의 자태
가뭄 든 너설에
뿌리내리며
칠팔월 뙤약볕에
담금질도 절개였으리

어느 구름에 비 오려나
너의 갈증 또한 아득하여

육자배기로 목을 비비며
뜸부기의 한 차례 꼬드김 속에
가끔은 벙거벙거하다
보내는 너의 앙가슴

오두막에서

흙내음 샘솟는 산골오두막
아궁이에 군불 맘껏 지펴 놓고
온갖 새들이 지절대는
뒷산으로 스며든다

골짜기마다 세월의 여여로운 섬연들
흐르고 흐르며 살아왔을 산골 사람들처럼
포플러 나무같이 흔들리며 살고 싶어
시작된 강원도 오지마을 살이

스적스적 져가는 노을
따슨 구들에 등 붙이려
방안 가득 모여든 별무리들

천둥을 꿈꾸던 방황도
서서히 식어갈 구들목처럼
뭉기던 애살조차
몸으로 닿을 수 없어라

초롱초롱 빛났던 별무리들
여명 속으로 환을 치며
지는 것을 나는 보았지

세상이 푸른 산에 길을 묻고

제4부

시의 산에 들며

샛바람

제주도 샛바람에
말 거시기도 튼다더니

강원도 쇳바람에는
순정이 튼다네

어제는 연사흘
내린 눈 속에서

산동백 시나브로
저 혼자 피고 있었네

복사꽃 필 무렵

그 해 이른 봄
복사꽃이 만발하여
노 시인과 화가를 찾아 나선
일산 나들이길

시인은 청매에 취해
보슬비 속에서
강생이같이 논둑길에
짓이기고 앉아

조쌀해진 그믐달처럼
장다리꽃 건네며
질척대기도 괜스레 비쎄다
거슬렀던 봄날

번데기 유형

쑥부쟁이 이웃들
번데기 유형처럼 살자며
굳어져라 가르친다

눈길에 갇혀 잎들은
목마른 병으로 앓고
더디게 오는 봄을 그리며
우리는 번데기 유형처럼

어젯밤 꿈속에서
나는 비로소
나비떼 발광체를 안고
늪지를 떠나고 있었다

목련은 초연히

불면으로 야윈 밤
서걱대던 그리움 밀어내듯
목련은 입춘과
초연하게 피어나다

춘풍은 처연한 눈물샘마다
장엄하게 꽃 등불 밝히고
초연히 오는 세월 그 마중길에
환희롭게 피게 하다

시의 산에 들며

시의 산에 들며
분별없이 취닿던
시혼(詩魂)의 한 그루와
독대하기까지
여귀처럼 맴돌며
떠나지 않는 시어들
지순한 동고동락과
무수한 방황 그 가뭄 끝에
파르르 손 내미는
잎새의 기척들

위도 가는 길

전라도 부안 땅
선창에 서 보니
바다는 다 빠져 나가고
갯벌의 그리움과
갈 수 없는 길 거기 있어
어느새 위도 가는 배
떠난 채석강 어귀에서

걱정 어린 눈동자로
소라를 권해 오던
정 앞에 주저앉아
일렁이며 오실
위도 가는 배 기다렸다

주문진 포구

강원도 주문진 포구에
어리어리 싸락눈 내리어
적막하지 않네

고향이 어디냐고 묻는 사공
오뉴월 뽕잎 같은 가자미
싱싱한 눈으로 힐끔거리네

야! 이 가재미 식해감인데!
동백꽃 한두 잎
바람 속에서 필 무렵
매콤이 잘 익은 가재미 식해
혀끝이 먼저 알아
침 돋는 입맛이라니

가재미와 떠나온 고향
그 포구에도 싸락눈
싸락싸락 내릴 터인데…

밤차

세상이 보이지 않을 때
흔들리는 차 속에서
세상 속에 흔들리는
나를 본다

산지사방 흔들리는 세상
차창 밖으로 기적 소리는
유성처럼 절규와 흐르고

밤차를 타며
세상은 더욱 보이지 않고

산천만 조금씩 비켜서서
무거운 침묵 사이로
창은 다시 열리고…

나의 토방

서울살이가 싫어
이천 장평리 후미진 산자락
숨쉴 내 토방 하나 마련했네

성성한 소나무 대여섯 그루
햇살 가득한 속으로
피어오르며 꼬물거리는
흙의 간지러움들

장평리 들길에 서며
나비 잠자리 풀벌레떼
그리고 민들레 질경이
이웃들 인심까지

아무것도 부럽지 않을
아장아장 오는 내일

누가 비 되어

밤 깊은 세종로
모두 어디로 떠나려나

세상은 신호등과 길을 열고
꽃샘추위도 몸 부릴 곳 없는
아직은 메마른 거리

누가 오시려나
작달비 되어

어슴새벽
기다리는 너의 갈증

침잠을 서두를 때

어제보다 수척해 보이던
빌딩 숲 사이로
세상은 노름마치 장단으로
흥겨움 부추긴다

피뢰침이 없는 위험한 시대
실종을 꿈꾸다
천둥비 맞으며
푸석해져 사라질
우리의 협궤열차

우주처럼 확실한 것은
모두의 침잠을 서두를 때

천지불인(天地不人)

어둠 속에
문실문실 커져 오는
개구리떼 울음소리
강호를 떠돌다
조쌀해진 초승달
천지불인의
산자락 베고 누워
뜨거운 울림에 젖어가네

시인을 꿈꾸니

풋기 가득 문 휘파람새처럼
가진 것 없이도 풍요로울
시인을 꿈꾸다

사그락거리는
양철지붕 비 내리며
더 다가오라 속삭이던
산촌살이에

만 산을 깨우는 입하(立夏)가
찾아오니
호미와 벗 되어 채마밭 갈무리에
시를 잊게 하네

세속을 버린 스님처럼
빨갛게 서 있는
꽃대궁들
마당은 화엄의

세상으로 번져가고

속살 헤집는 하지(夏至) 즈음
여름날의 몸살에도
한 뼘씩 더 자라있던
돌 단풍들처럼

저벅대며 입동(立冬) 추위
몰려올 산촌살이도
천근 같은 시의 발걸음
무서리에 갇히겠네

자아 인식과 서정적 탐구의 시적 진실

— 한귀남 시집 『세상이 푸른 산에 길을 묻고』의 작품세계

김 송 배
(시인, 한국문인협회 자문위원)

1. 자아의 인식과 침잠에서 성찰로

현대시의 창작이나 감상에서 먼저 상기하는 것은 우선 그 작품의 소재와 주제를 살피기 전에 작품의 상황설정이 어디냐, 혹은 무엇이냐를 이해해야 작품에의 접근성이 용이해질 것이다. 시인들은 대체로 이러한 시법(詩法)을 적용하는데 이는 우리 시작법에서 말하는 보여주기(showing)에 해당한다. 보여준다는 것은 작품의 도입에서 어떤 환경이냐 또는 어떤 현상이냐를 살피는 것으로써 우선 시적인 상황설정이 어디냐, 무엇이냐를 제시함으로써 시 창작이나 감상에 쉽게 접근하면서 그 작품의 진실을 폭넓게 이해하

게 될 것이다.

그 다음으로는 그 작품의 전개에서 무엇을 우리들에게 들려주느냐(telling)의 문제이다. 어떤 표현으로 무엇을 우리들에게 전달하려는지를 빠르게 캐치할 수 있을 것이다. 그래야 그 시인이 전해 주려는 메시지를 이해하게 되고 그 시인의 인간적인 진실을 공감하거나 아니면 배격하는 결론이 도출될 것이다.

여기 한귀남 시인이 상재하는 시집『세상이 푸른 산에 길을 묻고』를 일별하면서 먼저 이러한 잡설을 늘어놓는 것은 그가 실질적으로 침잠(沈潛)하는 인생론이 주변의 실제상황에서 획득한 이미지들이 그의 인간적인 진실로 발현되고 있어서 더욱 우리들의 이목(耳目)을 집중시키고 있어서 그가 작품을 구상하고 표현하는 의식의 흐름이 범상(凡常)치 않다는 그의 지적인 범주를 이해할 수 있었기 때문이다.

한귀남 시인은 이미 '시인의 말' 에서 "꿈이 있었다// 그/ 꿈을 향해// 정신없이 달려온/ 세월이 30여 년" 이라는 고뇌에 찬 언어로 이 시집을 출간하는 감회를 생애의 큰 기쁨으로 상기하면서 그의 생애의 소회(素懷)를 조망하면서 성찰하는 새로운 자아의 인식을 적시하고 있는 것이다.

세상이 힘겨워
온몸 신열에 앓을 때
푸른 산에 올라 길을 묻고

바탕은 다 풀잎 같은 것
간간이 뇌성 번개 치며
숨을 곳 찾아도

비 그치면 무지개 뜨고
맑은 샘 흐르는 계곡들
그 흐르는 계곡으로
산그림자도 흐르고 있었네

-「세상이 푸른 산에 길을 묻고」 전문

이 작품은 이 시집의 표제(標題) 작품으로서 이 험난한 세상에 대한 회상과 회포(懷抱)를 통해서 인내와 극복 그리고 자성(自省)의 상황에서 탐색하는 자신의 진실이 시적으로 형상화하고 있는 것이다. 삶이 괴롭고 힘겨울 때 그는 "푸른 산에 올라 길을" 물어서 해법을 찾고 있는 것이다.

그는 "간간이 뇌성 번개치"는 갈등의 세상에서 "숨을 곳 찾아도" 다시 맑은 날이 돌아오면 무지개도 뜨고 맑은 샘도 흐르고 하늘도 예대로 둥실 떠 있다는 현실적인 갈등과 고난이 닥칠 때마다 그는 푸른 산에 올라 위태롭고 험난한 세상의 형태를 극복할 수 있는 길을 물어보고 있는 것이다.

이러한 그의 내면에 잠재한 언어는 작품 「비가 되어 내릴지라도」 중에서 "이 꾸덕진 세월 다 벗겨져/ 내 가는 길 어디쯤/ 비 되어 내릴지라도// 아직은 멈출 수 없어라/ 온몸 헤어지는 아픔에" 라는 어조와 같이 "내 안" 에서는 아직도 멈출 수 없는 절규하면서 일렁이는 소리가 있음을 적시하고 있는 것이다.

서울살이가 싫어
이천 장평리 후미진 산자락
숨쉴 내 토방 하나 마련했네

성성한 소나무 대여섯 그루
햇살 가득한 속으로
피어오르며 꼬물거리는
흙의 간지러움들

장평리 들길에 서며
나비 잠자리 풀벌레떼
그리고 민들레 질경이
이웃들 인심까지

아무것도 부럽지 않을
아장아장 오는 내일

-「나의 토방」 전문

한귀남 시인은 이제 서울살이를 끝내고 "이천 장평리 후미진 산자락"에 그 혼자만이 숨쉬고 사색하면서 작품도 창작할 수 있는 여유로운 "나의 토방"을 마련하게 된다. 여기에는 성성한 소나무와 가득한 햇살 그리고 흙의 꼬물거리는 간지러움들과 함께 이제는 자연 풍광과 동고동락하면서 유유자적의 안온한 여유로움을 만끽(滿喫)하고자 귀촌(歸村)의 삶을 살아가고 있는 것이다.

한편 그는 장평리 들길에서 "나비 잠자리 풀벌레떼/ 그리고 민들레 질경이/ 이웃들 인심까지" 아무 것도 부러움 없는 자연 서정에 몰입해 있어서 공감을 유로하고 있는 것이다. 그러나 그는 "새 한 마리"에 비유해서 "저마다 어렵사리/ 칠부능선에 닿고 보면/ 덤불 속에서 출구를 잃은/ 새 한 마리/ 따슨 곳 다 사라진 산마루에/ 광풍과 뇌우 속에 세정을/ 거듭하는 고사목처럼/ 무엇이 되려/ 떠나온 그 길들/ 다시금 떠올리는 / 무모한 집착"이라는 그의 순수한 이미지와 같이 모두가 부질없다는 성찰의 칠부능선에서 감내(堪耐)해야 하는 그의 진실을 이해하게 되는 것이다.

2. 시의 세계를 꿈꾸며 언어의 조탁

시는 언어의 예술이다. 작품 창작에서 언어를 얼마만큼 조리있게 구사(驅使)하느냐 하는 시인들의 고뇌가 따른다. 어떤 선배가 말한 바와 같이 국어사전을 달달 외워버리면

문제가 없다고 하지만 그렇게 쉬운 일은 아닐 것이다. 어쨌거나 언어훈련을 겸한 언어의 조탁(彫琢)에 많은 노력이 필요하게 된다.

한귀남 시인은 이 시집 전체 작품에서 시어(詩語)의 선택과 배치에 그의 지적인 역량을 발휘함으로써 작품의 전개나 주제의 정립에 상당한 효과를 거둘 수 있었다는 점을 간과(看過)하지 못할 것이다. 그는 특히 작품을 구성하는 상황이나 내용에서 우리들이 잊고 살았던 구어(口語)나 아름다운 우리말과 각 지역 사투리 등을 찾아서 절묘하게 접맥(接脈)시켜서 작품의 질적인 향상에 기여하는 그의 노고를 읽을 수 있게 하고 있는 것이다.

시의 산에 들며
분별없이 취닿던
시혼(詩魂)의 한 그루와
독대하기까지
여귀처럼 맴돌며
떠나지 않는 시어들
지순한 동고동락과
무수한 방황 그 가뭄 끝에
파르르 손 내미는
잎새의 기척들

– 「시의 산에 들며」 전문

그는 시에 대한 집념이 가득 넘쳐서 시의 산에 입문하면서 시혼의 향기와 정취에 "지순한 동고동락" 으로 그의 정신세계는 일단 정리하고 있는 것이다. 이러한 경지에 도달하기까지는 그가 결론으로 제시한 "무수한 방황 그 가뭄 끝에/ 파르르 손 내미는/ 잎새의 기척들" 과 독대하면서도 대화가 가능한 별천지의 상황을 접할 수 있음에 그는 감명(感銘) 깊게 시를 흡인하고 있는 것이다.

다시 그는 "여귀처럼 맴돌며/ 떠나지 않는 시어들" 에게 더욱 시적인 묘미(妙味)를 느끼고 있는 것이다. 그는 "취당던" 이나 "여귀" 등의 시어들은 앞에서 언급한 그의 언어조탁의 한 방법이라고 할 수 있을 것이다.

여기에서 그가 구사하는 시어는 대체로 첩어(疊語)의 활용도 많아서 작품의 이해나 호감(好感)을 상승하는 효과를 보이고 있다. 살펴보면 설멍설멍, 당글당글, 봉긋봉긋, 찰망찰망, 우어우어, 문실문실, 어리어리, 싸락싸락, 벙거벙거, 사부작사부작 등이 있으며 준첩어(準疊語)로는 우시부시, 지나새나, 어금지금 등 이루어 열거할 수 없을 것이다.

풋기 가득 문 휘파람새처럼
가진 것 없이도 풍요로울
시인을 꿈꾸다

사그락거리는

양철지붕 비 내리며
더 다가오라 속삭이던
산촌살이에

만 산을 깨우는 입하(立夏)가
찾아오니
호미와 벗 되어 채마밭 갈무리에
시를 잊게 하네

세속을 버린 스님처럼
빨갛게 서 있는
꽃대궁들
마당은 화엄의
세상으로 번져가고

속살 헤집는 하지(夏至) 즈음
여름날의 몸살에도
한 뼘씩 더 자라있던
돌 단풍들처럼

저벅대며 입동(立冬) 추위
몰려올 산촌살이도
천근 같은 시의 발걸음

무서리에 갇히겠네

– 「시인을 꿈꾸니」 전문

한편 그의 시에 대한 열정은 평생을 두고 변하지 않을 것이다. 그가 시인을 꿈꾼 것은 "가진 것 없이도 풍요로"움이거나 양철지붕 위 비 오는 소리와 "세속을 버린 스님처럼/ 빨갛게 서 있는/ 꽃대궁들/ 마당은 화엄의/ 세상"을 염원하는 범상치 않은 그의 심중을 읽을 수 있게 하고 있는 것이다.

그는 여기에서도 시어의 조탁은 끝나지 않는다. "저벅대며 입동 추위"가 몰려오는 산촌살이나 "조쌀해진 그믐달처럼/ 장다리꽃 건네며 / 질척대기도 괜스레 비쌔다/ 거슬렀던 봄날(「복사꽃 필 무렵」 중에서)"과 "너절한 책갈피마다/ 시 한 줄도 와락 안겨 와/ 잠시 시와 길옆에 앉아/ 눈을 감았다(「버려진 스냅 사진첩」 중에서)"는 등의 어조에서 그가 얼마나 시어에 대한 집착을 하는지를 이해할 수 있을 것이다.

그의 시어 발굴은 어살치기, 창창이, 작달비, 풋되다, 앙알대더만, 노름마치, 오소소, 자깔스럽다, 발편잠, 선버들, 농투쟁이, 지싯거림, 바투선, 어둔패기, 홍간, 조쌀해진, 비쌔다, 너설이, 애살조차, 짭조름한, 바글대며, 사그락거리다 등등 알 듯 모를 듯한 단어들이 총망라(總網羅)하여 그의 작품은 더욱 풍성하게 독자들의 심금(心琴)을 울리고 있는 것이다.

3. 불망의 그리움과 현실적 어려움 극복

한귀남 시인에게서 그냥 지나칠 수 없는 불망(不忘)의 응어리가 지금도 꿈틀거리고 있다. 그는 어린 나이에 이 나라의 대혼란인 역사의 변혁을 체험하게 된다. 그의 고향은 할아버지, 아버지가 살아오면서 대대로 일가의 행복을 추구했던 함경남도 홍원군 전진면 남홍리 46번지다.

그는 조부 한기섭 씨와 조모 김중녀 여사가 경영하던 황태덕장과 창고가 재벌에 준하여 김일성 집단에게 부르주아로의 수난을 받으면서 아버지 한승한 씨는 먼저 서울에 나와 있었으나 6.25가 발발하고 그 후 9.28수복 당시 서북청년단원으로 고향으로 돌아가 그동안 어지러웠던 마을의 정비단장으로 선도하였으나 다시 홍남철수작전에 참여하여 12월 29일에야 서울로 돌아올 수 있었다.

이러한 비극의 역사를 목도(目睹)하면서 보낸 유년시절을 오매불망으로 뼈저린 응어리가 그의 현실적인 생활철학이나 사유의 범주가 확대되어 문학의 길에서도 시와 소설, 수필까지도 생생한 인생체험을 바탕으로 풀어내고 있는 것이다.

우리 아버지의 그 아버지의 고향은
지금도 돌아갈 수 없는
동토의 강줄기

광활한 바다에서
여정을 마치고
돌아오는 연어들의
꿈보다 못한
50년 타향살이에
모현리 산기슭 한 자락
베고 누우셨지

“애들아
고향길 열리면
함경남도 홍원군 전진면 남흥리 46번지가
우리 집이다”
부두에서 주욱 올라가면
동네에서 제일 큰 우리 집

그 옆으로 우물 하나 있고
큰 길 작은 길과 옹기종기
게딱지 같은 집 그리다가

“어째 이리 그림이 아니 됨메”
아버지 고향은 백지 위에 멈춘 채
부모님과 아내 손 마주잡고 고향 가리라던
그 여정 다 놓아두고

모현리 산기슭
반듯한 씨앗 되려
동면에 드셨다네

-「여정 따라」 전문

여기에서 그는 불행하게도 다시 여망의 한(恨)으로 남아 있는 사실을 회상하고 있어서 우리 모두가 측은(惻隱)의 심중을 멈추지 못하는 것이다. 그는 이러한 심정을 "광활한 바다에서/ 여정을 마치고/ 돌아오는 연어들의/ 꿈보다 못한/ 50년 타향살이에/ 모현리 산기슭 한 자락/ 베고 누우셨지"라는 어조로 영원히 돌아가지 못한 아버지를 극진하게 위무(慰撫)하고 있는 것이다.

그는 다시 "부모님과 아내 손 마주잡고 고향 가리라던/ 그 여정 다 놓아두고// 모현리 산기슭/ 반듯한 씨앗 되려/ 동면에 드셨다네"라는 결론으로 그의 여한(餘恨)은 영원히 지울 수가 없는 오매불망(寤寐不忘)으로 남아서 그의 삶과 인생의 모티브가 되어 문학적으로 형상화하거나 가치관 형성에 다양한 교훈을 제공하고 있는 것이다.

이 밖에도 부모에 대한 이미지를 많이 창출하고 있으나 그가 부모가 된 지금 또 하나의 시련이 그에게 엄습(掩襲)하고 있는 것이다. 그것은 작품 「무시무종」에서 우리는 감응할 수 있을 것이다.

자식이 앓고 있는 병상 곁에는
푸푸대며 뭍으로 오르려는
해마의 끝나지 않을
들숨 날숨만 있다

"어쩌다 인생의 회로를 잃었니?"
기생 덩쿨 같은 링거에 의존한
중년의 자식을 놓지 못하는 노모

그해 유월
장맛비 속에서 풀더미로
스산하게 변한 엄마의 채마밭이며
그 괴기스러운 집 안팎을 종횡무진하느라

엄마는 희망이란 이름으로
덤불 속에 길을 내야 할
무시무종의 세월에도
더 아픈 어미가 있다

-「무시무종」 전문

이와 같이 안타까운 어조에서 우리는 부모들이 나에게 베푸는 정감적인 은혜는 그 무엇에도 비길 수 없는 애정의 산물(産物)임을 이해할 수 있을 것이다.

4. 화훼류(花卉類)에 심취한 서정적 자아

한귀남 시인에게서 심도(深度) 있게 탐구할 시법은 서정적인 자아(自我)이다. 그는 이러한 서정성을 그의 주변에서 항상 대할 수 있는 꽃의 의미에 심취해서 자아를 투영하는 서정시인의 전형(典型)이라고 할 수 있을 것이다.

이는 보편적인 서정의 범주에서 탐미(耽美)하는 그의 진솔하고 미감(未感)이 넘치는 정신세계와도 무관하지 않을 것이다.

그는 우선 화훼류를 대하면서 한 송이의 꽃이 분사(噴射)하는 이미지나 거기에 동행하는 의미가 어떤 메시지를 우리들에게 전해 주고 있는지를 주시(注視)하는 것이다.

그의 시야에 착목(着目)된 꽃은 향기의 유무(有無)와 무관하게 모두 미적인 감응으로 응시하면서 어떤 의미의 대화를 정감적으로 나누면서 자연친화의 교류를 교환하고 있는 것이다. 누군가 꽃의 매력의 하나는 그에게 있는 아름다운 침묵이라고 했는데 그 침묵 속에 침잠한 깊은 사유(思惟)의 속내를 이해하는 데는 오랜 시간이 필요할 것이다.

만개한 나리꽃
낭창대는 허리춤에
잠자리 한 쌍 밀월여행 중

달그락대며 바삐 가는 봄날
제비나비 맴도는 창포꽃 섶
완연해진 그리움 지싯거림도

우시부시 흐르는 그 세월
슬며시 사위어 가노니
우리는 풀잎 같은 사랑초

-「우리는 풀잎 같은 사랑초」 전문

우선 한귀남 시인의 뇌리(腦裏)에는 꽃이라는 개념에는 계절에 따른 세월이라는 시간성이 동행하면서 변화하는 사유의 세계를 확대하는 시법을 응용하고 있어서 만개한 꽃들에서 그가 수용하는 서정성은 비록 아름다운 침묵뿐만 아니라 그 침묵 속에 잠재한 무언의 메시지가 어떤 교시적인 인생관을 올바르게 혹은 아름답게 제시하고 있는지도 모른다.

그는 나리꽃의 낭창대는 허리춤에 잠자리 한 쌍이 밀월여행 중이라는 기발한 발상의 이미지는 작품 도입 부분에서부터 앞에서 말한 '보여주기'의 형태가 상황설정에 감동하고 말 것이다.

그는 세월 중에서도 새싹이 돋고 꽃피우는 봄날을 서정의 중요한 시점(時點)으로 하여 만유(萬有)의 산하에 펼쳐지는 자연의 섭리로 "완연해진 그리움 지싯거림도" 감응하게 되는 것이다. 또한 "우시부시 흐르는 그 세월/ 슬며시 사위어 가노니/ 우리는 풀잎 같은 사랑초"라는 결론에서 이해할 수 있듯이 꽃에서 전개하는 세월과 그리움의 조화는 우리들의 공감을 유로(流露)하고 있는 것이다.

불면으로 야윈 밤
서걱대던 그리움 밀어내듯
목련은 입춘과
초연하게 피어나다

춘풍은 처연한 눈물샘마다
장엄하게 꽃 등불 밝히고
초연히 오는 세월 그 마중길에
환희롭게 피게 하다

-「목련은 초연히」 전문

여기에서도 목련이 암묵적(暗默的)으로 내뿜는 향기는 과히 명언(名言)에 가깝다. 그리움과 세월의 융합하는 시법의 전개도 탁월하려니와 시문장 자체가 간단명료해서 더욱 감미롭게 다가와서 한귀남 시인의 언어 조탁에 탁월한 지적 노력이 엿보이는 수작(秀作)이라고 할 수 있을 것이다.

이 밖에도 지천(至賤)으로 산재(散在)한 꽃들에게서 그는 모든 생명의 소중함과 아름다움을 조망(眺望)하고 있는데 대체로 다음과 같이 살펴볼 수 있을 것이다.

- 엉겅퀴 : "육자배기로 목을 비비며/ 뜸부기의 한 차례 꼬드김 속에/ 가끔은 벙거벙거하다/ 보내는 너의 앙가슴"
- 산동백 : "어제는 연사흘/ 내린 눈 속에서// 산동백 시나브로/ 저 혼자 피고 있었네"
- 금낭화 : "춘색에 홍얼대며/ 고삐 풀린 사내들// 물수제비 일으키듯/ 방죽길 내달리더만// 금낭화 장대비 속에서/ 한뎃잠 자야겠네"
- 송화 : "오랜 세월 산정을 지킨/ 늙수그레한 소나무들/ 청정한 가다름에/ 송화를 피워냈다"
- 소금꽃 : "낫질 한 획마다/ 등줄기로 피고 있는 / 소금꽃들// 농부의 땀방울은/ 천형의 생존 앞에 우뚝 선 / 푯대이어라"
- 이끼꽃 : "이 세상 만물들은/ 제 한 몸 내어가며/ 바람 속에서 / 발편 잠으로 번져가는/ 이끼꽃일레라"
- 목련꽃 : "엄동 설한풍도 견디며/ 끝없이 하늘 닿을 / 소망 하나/ 장대한 침묵들/ 다 놓아주던 날/ 눈부신 환희로 / 충만해진 목련꽃/ 그 눈부신 설연들"
- 꽃창포 : "명경같이 맑은 도시를 등지고/ 꽃창포 그늘 아래 터를 잡는 봄/ 넋이 바람에도 제비나비/ 골짜기를 나서고"

이제 한귀남 시집 『세상이 푸른 산에 길을 묻고』의 읽기를 마무리해야겠다. 우선 노시인의 열정에 찬사를 보내면서 그의 인생적인 삶과 문학적인 지향적 행보에 무한한 정감을 표한다.

문학이란 보편적인 삶을 더욱 승화하여 정서의 함양으로 보다 나은 인생관을 정립하는 기능을 충실하게 이행하는 인간성 회복의 좋은 방법이라고 할 수 있을 것이다. 일찍이 영국의 유명한 시인 T.S. 엘리엇의 말대로 시는 "무엇이 사실이다"하고 단언하는 것이 아니라 그러한 사실을 우리들로 하여금 좀 더 리얼하게 느끼도록 해 주는 역할이라는 점을 항상 염두에 두는 연유가 바로 시와 인간의 상호 융화와 통섭(通燮)의 의식을 강조하기 때문이다.

한귀남 시인은 작품 「천지불인」 전문에서 "어둠 속에/ 문실문실 커져 오는/ 개구리떼 울음소리/ 강호를 떠돌다/ 조쌀해진 초승달/ 천지불인의 / 산자락 베고 누워/ 뜨거운 울림에 젖어가네"라는 어조와 같이 어느 산사(山寺)에서 부처님에게 몰입하는 경지가 바로 그가 추구하면서 살아가는 인생의 단면이라고 가늠할 수 있어서 "어둔패기의 삶(「부처는 산에 들고」 중에서)" 에 대한 각성(覺醒)과 성찰(省察)의 의식이 명징(明澄)하게 현현되고 있음을 이해하게 한다.

노시인의 감성이 영원히 충만하기를 기원한다.

세상이 푸른 산에 길을 묻고

지은이 / 한귀남
펴낸이 / 김정희
펴낸곳 / 지구문학

03140, 서울시 종로구 종로17길 12, 215호(뉴파고다 빌딩)
전화 / (02)764-9679
팩스 / (02)764-7082

등록 / 제1-A2301호(1998. 3. 19)

초판발행일 / 2023년 12월 20일

값 12,000원

E-mail/jigumunhak@hanmail.net

ISBN 979-11-91982-09-1 03810